Petit Ours Brun
aime le vent

Illustrations de Danièle Bour

bayard jeunesse

Petit Ours Brun sent
le vent sur ses joues.
On dirait une caresse,
c'est doux.

Petit Ours Brun sent
le vent qui le porte.
On dirait un homme
invisible, c'est drôle.

Petit Ours Brun voit
des rides sur l’eau.
On dirait des petites
vagues, c’est joli.

Petit Ours Brun voit
une feuille qui vole,
qui se pose, qui repart.
On dirait un oiseau.

Petit Ours Brun veut
attraper la feuille.
Le vent l'emporte,
on dirait qu'elle danse.

Petit Ours Brun entend
le vent qui souffle,
puis qui souffle plus fort.
On dirait le loup.

Petit Ours Brun
est rentré à la maison.
On dirait que le vent
n'est pas content...

Petit Ours Brun est un héros
des magazines *Popi* et *Pomme d'Api*.
Les illustrations ont été réalisées par Danièle Bour.
Le texte de cet album a été écrit par Marie Aubinais.

Retrouve ton héros préféré sur www.petitoursbrun.com

ISBN : 978-2-7470-2871-4
Dépôt légal : mai 2009
Loi 49-956 du 16 juillet 1949 sur les publications destinées à la jeunesse

Imprimé en Italie